Luis Erlanger

todo tempo do mundo

ubook ubk Publishing House

COORDENAÇÃO Alessandra Brito
EDIÇÃO Fernanda Barreto
REVISÃO Amanda Tracera
PROJETO GRÁFICO E CAPA Clarissa Duarte
DIAGRAMAÇÃO Joyce Matos
IMAGEM DE CAPA Oscar Brunet | Adobe Stock

Dados Internacionais de Catalogação na Publicação (CIP)
(Câmara Brasileira do Livro, SP, Brasil)

Erlanger, Luis
Todo tempo do mundo / Luis Erlanger. --
Rio de Janeiro: Ubook Editora, 2021.

ISBN 978-65-5875-594-4

1. Peças de teatro 2. Teatro brasileiro I. Título.

21-69867 CDD-B869.2

Ubook Editora S.A
Av. das Américas, 500, Bloco 12, Salas 303/304,
Barra da Tijuca, Rio de Janeiro/RJ.
Cep.: 22.640-100
Tel.: (21) 3570-8150

Velhice não é tão ruim assim, quando
você considera as alternativas.

Maurice Chevalier.

Há duas épocas na vida, infância e velhice, em
que a felicidade está numa caixa de bombons.

Carlos Drummond de Andrade.

O pior da velhice é você ainda conservar
uma grande capacidade de conquista,
levar mulheres para a cama com a maior
desenvoltura, e não se lembrar para quê.

Millôr Fernandes.

Velhos são os outros.

Andréa Pachá.

prefácio

Na sala de espera de um consultório de geriatria, um inesperado encontro reúne uma mulher e um homem. Nesse ambiente, Martha Mendonzza — atriz cuja juventude, sensualidade e fama ficaram no passado — e Ernani Silva e Costa — um arquiteto aposentado — exibem suas ansiedades, angústias e perplexidades com a passagem do tempo em um confronto provocativo, inteligente e que revela as dores e as delícias de envelhecer em um país que historicamente nega o declínio do corpo e o fim da vida.

Não é fácil encarar a velhice em uma sociedade alimentada pelo utilitarismo, pelo consumo e pela imposição de modelos de beleza e felicidade eternas. Ainda que tratamentos estéticos e intervenções fármaco-tecnológicas retardem a sua exibição, a transformação provocada pela ação do tempo se impõe com ou contra a nossa vontade. Sempre haverá um joelho ou uma vértebra exibindo, sem pudor, o que os espelhos evitam revelar.

O tempo passa para todos. A menos que a vida se interrompa precocemente, morrer velho é um desejo comum à maioria de nós. Um paradoxo, no entanto, se interpõe entre o nosso projeto e a realidade: desejamos o fim, depois de muitos anos de vida, mas rejeitamos a hipótese de envelhecer e enfrentar as dificuldades que chegam com a passagem dos anos.

A velhice é um tema que instiga e comove. Ao longo da História, filósofos, antropólogos, sociólogos, cineastas, escritores, psicanalistas, médicos e juristas se ocuparam do envelhecimento a partir de diferentes perspectivas científicas.

Cícero, tribuno romano, afirmou que há quatro razões para que a velhice seja detestável: o afastamento da vida ativa, o enfraquecimento do corpo, a privação dos melhores prazeres e a aproximação da morte. Em *Saber envelhecer*, ele desconstrói, uma a uma, tais razões e, em um elogio ao envelhecimento, conclui que "a vida segue um curso muito preciso e a natureza dota cada idade de qualidades próprias. Por isso, a fraqueza das crianças, o ímpeto dos jovens, a seriedade dos adultos, a maturidade da velhice são coisas naturais que devemos apreciar cada uma em seu tempo".

É verdade que a obra de Cícero foi escrita 44 anos a.C., em um contexto social que prestigiava a experiência e a sabedoria e que aceitava o fluxo da vida como um destino natural, facilmente assimilado pelos que envelheciam — especialmente aqueles que envelheciam com a mente hígida e detentores de poder intelectual e político.

Passados mais de dois mil anos, e em um mundo profundamente transformado pelas relações econômicas, sociais e valorativas, Simone de Beauvoir e Norberto Bobbio, filósofo italiano, retomam as reflexões sobre a idade em outros contextos.

Ela, em *A velhice*, conclui que a luta de classes determina a maneira pela qual se é surpreendido pela passagem do tempo, e vaticina: ou morre-se prematuramente, ou se envelhece. Não há outra alternativa.

Ele, aos 87 anos, reconhece a velhice como um problema social pelo número crescente de idosos e pelo aumento da longevidade. Integrante de uma sociedade na qual, segundo ele, tudo tem um preço, constata que também a velhice pode se transformar em uma mercadoria, como tantas outras.

A percepção de Bobbio para a velhice é muito mais próxima da experiência contemporânea. Ao repelir a adulação de que "velho é lindo", com a crueza da realidade, ele apresenta idosos desprovidos de qualquer desejo e esperança, remetendo para o passado e para a memória, o tempo dos que envelhecem.

Nenhum desses autores, no entanto, enfrentou a chegada à velhice de uma geração que revolucionou costumes, venceu preconceitos e lutou para que a liberdade e a autonomia fossem produtos de primeira necessidade. É essa geração que aterrissa, agora, na autoritária pista de classificação, que estabelece que idoso é todo aquele que completa sessenta anos.

Ao escolher um critério etário para identificar os velhos — como se todas as pessoas que vivem durante um determinado tempo devessem se submeter às mesmas regras, orientações, normas e limitações —, ignora-se a individualidade e, portanto, o direito garantido a todos os seres humanos de livremente escolher sobre a própria vida. Martha e Ernani, as personagens tão bem delineadas pelo autor, não se submetem às gaiolas identitárias que impedem a potente experiência da subjetividade em qualquer momento da existência.

Erlanger, acertadamente, escolheu a linguagem do teatro e do humor para falar do envelhecimento. Nenhuma outra linguagem traduz, de forma tão integral, a experiência da alteridade como a linguagem dos palcos e das coxias. Pela mágica do teatro, embarca-se na vida daquele casal inusitado, que, de forma leve, sagaz e surpreendente, exibe o olhar de esperança, paixão, autonomia e autoestima com que a velhice deve ser tratada.

Longe de infantilizar a experiência da passagem do tempo ou de buscar eufemismos para enfrentar o declínio, a deterioração e o preconceito, Martha e Ernani, com a liberdade que deve ser garantida a todos os seres humanos até a morte, protagonizam as próprias vidas, impedindo a invisibilidade a que são confinados muitos idosos no Brasil.

Nascemos e morremos sozinhos: eis a inescapável condição humana que nos liberta e nos aprisiona. Com ou contra a nossa autorização ou desejo, o tempo age, o corpo gasta, os neurônios se desconectam. Ainda que sem rugas aparentes, domadas pela tecnologia e pelas intervenções médicas e estéticas, caminhamos para o terreno desconhecido do fim. Um processo lento, muitas vezes imperceptível, mas que encerra de forma definitiva o princípio da igualdade que nos irmana e identifica.

Não somos jovens porque nos sentimos jovens. Experimenta-se a velhice de outra maneira, quando encarada de frente, sem máscaras ou subterfúgios. Mesmo com as vicissitudes da idade, a potência da vida, com todas as precariedades e contradições, é uma experiência única e que pode e deve ser experimentada com alegria e liberdade, um dia de cada vez, em qualquer fase.

Em geral, quando as paixões são saciadas e quando se perde a curiosidade pela vida, costuma desaparecer a fome de viver. Envelhecer com autonomia, liberdade e paixão é direito que deveria ser garantido a todos. Martha e Ernani sabem disso. E Erlanger também.

Todo tempo do mundo é um convite à alegria, ao protagonismo do corpo e da alma. A paixão com que Erlanger afirma a vida é percebida nas vozes densas e paradoxalmente leves das personagens. Com paixão, nascer, amar, envelhecer e morrer são verbos existenciais que podem ser conjugados no presente. Pela vida toda. Não há fim antes do fim.

Andréa Pachá é juíza de direito, escritora e autora do livro *Velhos são os outros*.

Um encontro entre uma atriz consagrada e um arquiteto, ambos na terceira idade, na antessala do consultório de um geriatra provoca um divertido e ácido embate sobre o envelhecimento.

todo tempo do mundo

personagens

Martha Mendonzza

Atriz famosa, talentosa e sexy no passado.

Ernani Silva e Costa

Arquiteto aposentado.

cenário

Único

Sala de espera de consultório médico. Decorado com fotos de idosos em atividades físicas, românticas etc.

(A campainha toca insistentemente).

Ernani

Calma! Calma! Onde é o incêndio?

Martha

Desculpa, não sabia que tinha gente.

Ernani

Ué? Aqui não é lugar de gente? Não reparei que era uma clínica veterinária. Achei que era um consultório de geriatria. Pela minha longa experiência, geriatra atende pessoas. Gente.

Martha

O senhor não está me entendendo. Quando eu venho aqui, em ocasiões raras, normalmente não tem ninguém na sala de espera. É um acordo que fiz. Gosto de manter a minha privacidade.

Ernani

Privacidade? No consultório de geriatria? Desde quando envelhecer é algo vergonhoso, que não se possa expor?

Martha

Primeiro, trata-se de um especialista renomado, mas que não cuida só de coisa de velho. O senhor não sabe o que me traz aqui.

Ernani

Depois me explica o que é "coisa de velho"?

Martha

Esse tipo de pergunta, por exemplo, é impertinência ranheta típica de anciãos... Anciães... Anciões... Velhos decrépitos. Bem, meu nada distinto senhor, resumindo, para o bem ou para o mal, eu não gosto de aparecer. Ou melhor, só gosto de aparecer pelo meu trabalho. O que anda raro nestes dias.

Ernani

É, trabalho anda complicado para todo mundo.

Martha

O senhor continua sem entender nada. Trabalho não me falta. O problema é que a mídia e o público não estão mais interessados nas nossas realizações. Querem saber se fez plástica — de preferência, malsucedida; botou silicone; arruinou o casamento — de preferência, por traição; tatuou o nome do novo amor — ou de Jesus Cristo, de preferência; comprou carro novo; vendeu a cobertura; foi capturada em barreira da Lei Seca — de preferência, fazendo escândalo; arrumou um gato, animal ou ser humano — de preferência de nome exótico. Eu simplesmente não quero aparecer. É um direito meu.

Ernani

Não quer ser vista por quê? Se a senhora quiser, posso ir embora. Ou ficar de olhos fechados.

Martha

Agradeço o seu cavalheirismo, se é que é sincero. Ou foi só mais uma piadinha sem graça? Mas não é mais necessário: já fui vista.

Ernani

Ah! Do jeito que a minha memória está, daqui a uma hora já me esqueci da sua aparência. Está feia a coisa. Sem contar que, com todo respeito, não sei de quem se trata. Era para ser reconhecida?

Martha

Onde está Neide? A recepcionista.

Ernani

Minha senhora, não se estresse, que só piora. Não estamos na tal "melhor idade"? Desconto em cinema e teatro, sem fila no banco, vaga para carro, sei lá o quê mais.

Martha

Trocava tudo isso por abater dez anos. Cinco anos já resolvia. Foi quando começou a despencar, digo, a complicar. E esse negócio de meia entrada é um absurdo. Por acaso os artistas com mais de sessenta, que vivem de bilheteria, têm desconto na conta de água e luz? O governo gosta de beneficiar os outros, mas com o bolso alheio. Fico até nervosa. Melhor idade... Como repete uma colega minha, envelhecer é uma merda – perdão pela palavra de baixo calão. A questão é envelhecer é uma "ême", mas a alternativa não é muito melhor. Se é que me entende. Por favor, e a Neide?

Ernani

Teve que sair às pressas. Emergência. Ela achava que eu era o último cliente do dia. E sou de casa. Acredita que a razão também foi velhice? Da progenitora. A mãe dela se recusa a usar andador, tomou um tombo feio em casa. A Neide teve que sair correndo. Antes de ir, me contou a triste história dela. Difícil conciliar o trabalho com a mãe idosa e sozinha em casa. Ligou caída no chão do banheiro, Deus salve o celular. Teve tempo de contar, a Neide, que a velha arruma problema com tudo que é cuidadora. Que a pessoa, quando fica velha, diz que não, mas adora dar trabalho aos outros. Que a gente, que foi tão bem cuidado, tem obrigação de cuidar de quem cuidou. Mas é difícil. Que o preço de cuidadora é proibitivo, blá, blá, blá, e olha que ela estava correndo. Imagina se fosse um "Esta é a sua vida"! Isso que dá ninguém mais morrer: vamos ficando velhos e enchendo o saco dos outros.

Martha

Andador, sei...

Ernani

A senhora usa?

Martha

Não sei se foi uma pergunta séria ou mais uma gracinha deselegante. Não deveria nem responder. Já tive necessidade, mas substituí, com muita classe e com a mesma eficácia, por uma bengala de marfim. Indiana, *vintage*. Um charme, sinto até falta. Ainda mais com essas ruas cheias de cachorros inconvenientes. E de pivetes. E de buracos. Nossas ruas estão inviáveis. Com sua licença, vou aguardar. Em paz. Só mais uma coisa, desculpe, qual era o seu horário?

Ernani

Não sei por que tanta indignação. Recentemente tive uma contratura na batata da perna, quer dizer, agora promoveram o nome para panturrilha. Então minha panturrilha virou mingau e fiquei dois meses andando de muleta. Qual o problema? Nada humilhante e ainda me serviu para escapar de fila.

Martha

Na sua idade, não é preciso usar cadeira de rodas para ter atendimento especial. Qual era mesmo a hora da sua consulta, por favor?

Ernani

Era das cinco horas, mas o doutor Alter está muito atrasado, a Neide me disse, antes de sair para resgatar a mãe. A paciente das duas horas não apareceu. Parece que é uma cliente do tipo complicada, ele ficou esperando por uns vinte minutos, acredita? Para a perua não aprontar barraco. Acabou não aparecendo, esculachou com a agenda dele. E dos pacientes, até os mais pacientes, como eu.

Martha

Eu sou a cliente complicada das duas horas...

Ernani

Ops!

Martha

Não fiz por querer, costumo ser pontual. Meu almoço com uma querida amiga atrasou, era para ser de 12h30 até 13h30, uma saladinha. Culpa dela, falou mais do que o normal. O serviço também foi lentíssimo, os restaurantes estão inviáveis. Quando vi, o telefone estava descarregado. Meu neto, Pedro, me deu um carregador de bolso, uma graça, parece um batom, só que não me entendo com a maquininha. Nunca sei em que buraco enfiar o fio, de qual lado. Tenho trauma com esse negócio de USB, parece nome de universidade, precisa de pós-graduação para usar. Tomada era muito mais fácil. Mas até isso complicaram nesta terra de ninguém. Alguém ganhou muito dinheiro com esse terceiro buraco. O Brasil não acha a terceira via, mas arrumou o terceiro buraco na tomada. Nossa vocação é ir para o buraco. Dessa maneira, não pude avisar sobre o atraso. Depois, um trânsito infernal. Esta cidade está inviável.

Ernani

Eu não estava reclamando. Aliás, se a senhora quiser, pode ser atendida na minha frente. Não tenho mesmo nenhum compromisso.

Martha

Muito gentil, vou aceitar.

Ernani

Mas prepare-se, que a paciente antes de mim acabou de entrar. E carregando uma penca de exames. Tipo contêiner. Isso vai demorar.

Martha

O senhor disse que não tem compromissos. Se me permite perguntar, o senhor faz o quê?

Ernani

É uma pergunta existencial ou quer saber a minha profissão? Do ponto de vista existencial, eu vivo.

Martha

Que está mais ou menos vivo, eu já desconfiava. Ainda sem muita certeza. Obviamente, se não se importa, queria saber sobre o seu trabalho. Aposentado, na certa.

Ernani

Bem, minha profissão é arquiteto. Esta clínica, por exemplo, é um trabalho meu. Mas, ok, acertou, estou, tecnicamente, aposentado, fechei o escritório. Raramente pego um ou outro trabalho. Agora atuo mais como consultor. E passo para um colega.

Martha

O senhor está de parabéns, ficou um ambiente razoavelmente confortável, razoavelmente bonito e razoavelmente elegante. Só os quadros...

Ernani

A única coisa que não escolhi. Não tenho mais idade para brigar com cliente. Ainda mais o Alter.

Martha

Ah! Quer dizer que faz tempo que conhece o doutor...

Ernani

Desde adolescentes, chamo até pelo primeiro nome, Aslan. É de família alemã. Ele é um pouco mais jovem do que eu. Mas eu cobrei o projeto, ele me cobra as consultas. Não pode se pedir de presente o ganha-pão do outro. Na verdade, ele me dá um belo desconto, para ficar dentro da devolução do plano de saúde. Ou eu não poderia me tratar com ele. Alter é para granfinas, como a senhora. Plano de saúde faz mal à saúde, o carnê deveria vir com essa advertência.

Martha

Arquiteto, sei. Qual o seu nome? Quem sabe já ouvi falar.

Ernani

Charles Eames, seu criado!

Martha

O nome é familiar...

Ernani

Brincadeira. Me chamo Ernani Silva e Costa. Aliás, o Silva vai bem, estou aqui por causa do Costa. Das costas: foram elas que me fizeram parar de trabalhar. Não aguento mais o dia inteiro debruçado na prancheta. Bom, agora também me sinto no direito de perguntar. Afinal, quem é a senhora?

Martha

O fato de o senhor não me reconhecer confirma que estou no lugar certo. Devo estar muito acabada. Ou melhor, e mais provável: o senhor é que está mesmo no lugar certo. Com a senilidade, as pessoas esquecem os rostos.

Ernani

Se tirar os óculos escuros, pode facilitar.

Martha

Nossa! Uso direto, nem percebo quando estou com eles. Já fui para a cama com eles, entrei no chuveiro! De uns anos para cá, a luz passou a me incomodar. O Alter disse que não chega a ser fotofobia, que é comum com a idade, quer dizer, todo mundo acaba tendo. E, claro, me ajuda a não ser reconhecida quando não quero. O que é a maioria das vezes.

Ernani

Hmmm. Rosto familiar, mas, não me leve a mal, nunca fui bom fisionomista e sou péssimo com nomes. Isso só piora com o tempo. Eu comemoro todo dia de manhã quando me reconheço no espelho ao me barbear. Tem casos em que o cidadão nem se reconhece mais, sabia? Toma susto com um desconhecido refletido na sua frente. Patético. Ou divertido, sei lá. Talvez seja bom não se reconhecer. Fazer novos amigos a cada manhã...

Martha

Isso acontece mesmo? Como se chama essa coisa estranha?

Ernani

Até o nome é estranho: prosopagnosia. O cérebro fica incapaz de reconhecer o próprio rosto.

Martha

Então estou com esse troço. Há anos não me reconheço no espelho. Bom, eu sou, ao menos fui, Martha Mendonzza. É meu nome artístico. O de batismo não constará nem na minha certidão de óbito.

Ernani

Martha Mendonça...
Martha Mendonça...

Martha

MendonZZZa!

Ernani

Nome forte...

Martha

Vai me dizer que o senhor não me conhece? Nunca ouviu falar de mim?

Ernani

Deveria? Assim como sou esquecido, também sou muito distraído.

Martha

Sou uma atriz, diria, consagrada. Pelo público e pela crítica, modéstia à parte.

Ernani

Minhas mais sinceras desculpas, não assisto televisão.

Martha

Televisão? Além de 47 novelas, seriados e especiais, sempre como protagonista, fiz 16 longas, 21 peças teatrais, dezenas de comerciais. Ganhei inúmeros prêmios, sendo seis internacionais. Centenas de capas de revista. Sou a única a ter posado três vezes para a *Playboy*, num intervalo de duas décadas. Com vinte e pouquinhos, depois com uns trintinha, depois quarentona.

Ernani

Martha Mendonzza, algo está fervilhando na minha cabeça...

Martha

Não que eu me importe, mas me surpreende um pouco o seu desconhecimento, porque sou mesmo muito popular. Não se compara com a minha carreira artística, mas a minha *Playboy*, já aos quarenta, há pouquíssimo tempo, no deserto de Atacama, é recordista de vendas da publicação! É a que mais vendeu, incluindo as edições internacionais. Não considero o fato mais relevante da minha vida profissional, mas até hoje tem a página central nas borracharias por todo o país. O ensaio foi publicado pelo mundo afora. Até hoje é a mais procurada da internet.

Ernani

Ei! Eu me lembro! Eu comprei, na época, e guardei por anos. Um espetáculo! Nossa, foi considerada muito ousada porque, pela primeira vez, uma mulher teve a coragem de mostrar...

Martha

Meu senhor, era um trabalho artístico, conceitual, eu tinha um papel a desempenhar. Como sempre, entrei de cabeça no papel.

Ernani

Muito mais do que a cabeça...

Martha

Espero que o senhor não se rebaixe com vulgaridades.

Ernani

Vulgaridades? A senhora posa pelada, daquele jeito, e quer ser vista como *O Nascimento de Vênus* do Botticelli? Isso, a senhora estava ruiva! Toda! Um espetáculo. A cabeleireira vermelha e aquele lance ousado... Que pose, que coragem! Não vou mencionar, tudo bem, me marcaram por toda a vida. Foi a única *Playboy* que guardei. Deve ser por isso que não reconheci, com cabelo escuro. Nossa, a senhora era o máximo!

Martha

Obrigada pelo "era". Com o "senhora" já me acostumei, mesmo, meu senhor.

Ernani

Ué, o tempo passa para todos, o que estamos fazendo aqui? Se bem que com artista é mesmo mais injusto. Vocês deviam ter alguma magia para serem preservados no auge da forma. No nosso imaginário, ficam sempre as estrelas no apogeu. Passam-se os anos, mas é com essa imagem que a gente sonha. É mesmo um pecado. Nós, pobres anônimos, que se danem. Deve ser duro para vocês.

Martha

Estou tão derrubada assim?

Ernani

Não é isso, a senhora...

Martha

Como já nos conhecemos há alguns minutos, e, pelo visto, o senhor já sabe dos meus detalhes mais íntimos, vamos partir para o "você"? É muita "senhora" para o meu gosto.

Ernani

Um detalhe sobre o detalhe: por que ruiva? Não é que eu não tenha gostado, ao contrário.

Martha

Ganhei uma fortuna de uma marca de cosméticos. A partir daí, foi a tintura mais vendida, acho que até hoje. O diretor de arte achou perfeito para o cenário. Um toque de vermelho tendo ao fundo o lago, a neve, o vulcão.

Ernani

Lava incandescente total! Uau!

Martha

Vá lá que a metáfora tenha sido essa. O resultado ficou lindo, isso não se discute.

Ernani

Você tem que entender que fica um retrato da figura que a gente, *data venia*, desejou. A mulher desejada está gravada na nossa mente para o resto da nossa existência machista. Para ver como me marcou, lembro da manchete da capa: "Um vulcão no deserto". E a senhora vermelhona em contraste com a neve branquinha. Era para derreter geral, mesmo. Só me desfiz da revista porque ela já estava desmanchando na minha mão.

Martha

Pelo amor de Deus, o senhor...

Ernani

Você...

Martha

Você não vai me contar agora o uso que fazia da maldita revista. Me poupe! Com que idade o homem entra na andropausa?

Ernani

Com certeza não entra tão cedo quanto a mulher encara a menopausa.

Martha

Ah! Com certeza, não entra mesmo... Nesta idade mais parece um adolescente diante de um nu artístico.

Ernani

Tá, bom, trabalho artístico, conceitual... Martha Mendonzza, quem diria...

Martha

Quem diria o quê? Tudo bem, mesmo com sua visão preconceituosa, saiba que também foi o maior cachê da história da publicação. Eles sabiam muito bem que estavam lidando com um ícone da beleza e da cultura nacional. Não sou eu quem diz. Cheque a internet. Coloque Martha, com tê-agá, Mendonzza, com dois zês, e veja a enxurrada que aparece. O sen... você vem aqui se tratar da velhice ou por que é sexagenário tarado?

Ernani

Sem o sex, mais para genário, mesmo. Bem mais... Mas não dá para patrulhar as fantasias. Mesmo as do passado. Aliás, só sobram as do passado. Não temos futuro para fantasiar. Envelhecer é mesmo uma droga. Não tem vantagem alguma, diferentemente do que tentam propagar por aí. Agora, você falou em tratar da velhice. Também não chega a ser uma doença.

Martha

Mas é claro que é. E das piores, porque não tem cura. No futuro, a medicina vai arrumar uma cura.

Ernani

Não acredito, é um processo natural. Nascer, crescer, envelhecer e morrer. *C'est la vie*. Vão ficar remendando a gente. Cura, impossível. No máximo, embalsamar. Vocês, mulheres, já arrumaram a versão moderna do embalsamamento. O botox. Essas coroas, às vezes nem tanto, viram múmias plastificadas.

Martha

Alto lá! Não confunda com o legítimo hidrogel ou ácido hialurônico para um preenchimento de umas ruguinhas de expressão aqui ou ali, um pequeno retoque. Melhor usar importado. Outra coisa é injetar uma substância tóxica, como o botox, e com um efeito pouco duradouro e artificial. Concordo com o sen.. você, fiz uma vez para nunca mais.

Ernani

E plástica?

Martha

Como assim?

Ernani

Como assim "como assim"? Já fez plástica? Numa boa, está ótima para sua idade... Está ótima.

Martha

Pode falar "ótima para SUA IDADE". Isso é cruel, é o mesmo que dizer que estou um lixo para outra idade. E, muita calma nessa hora, ainda não cheguei aos setenta.

Ernani

Se a *Playboy* é de mil novecentos e setenta e...

Martha

O que foi? Vai fazer uma pesquisa arqueológica? Que absurdo!

Ernani

Tem razão, estou sendo indelicado. Mil desculpas. Mulheres como você dispensam data. Quer um café? Por caridade, não complique a escolha porque não me entendo com essas máquinas modernas.

Martha

Desculpa, mas prefiro chá, café me escurece os dentes. Basta apertar aquele botãozinho verde e escolher a xícara maior.

Ernani

Ai! Como dói me levantar.

Martha

Mau jeito?

Ernani

Nada, estou com uma protusão discal entre a L4 e a L5, bem aqui. Um inferno. O Alter diz que ainda não é uma hérnia e nem vai precisar operar. Ao menos por enquanto. Mas é um sofrimento. Parei o tênis, a bicicleta. Tem dias que nem caminhar na praia consigo.

Martha

Já tentou tomar glucosamina com condroitina? Tem que ser importada. Com o Napoleão foi um verdadeiro milagre.

Ernani

Napoleão é seu marido?

Martha

Sou separada desde o fim do meu primeiro e único casamento. Um fazendeiro de Goiás que confundia Peter Lorre com Nelore. Não aguentou a cidade grande, voltou para o mato. Napoleão é meu yorkshire. Tadinho, velhinho para cachorro. Sem força de expressão, é velho para um cão, mais de vinte anos. Companheiro fiel. Estava andando todo torto, mas, com esse medicamento, aprumou. Vou fazer de tudo para não ter que sacrificar. Será como a perda de um ente querido. Poucos seres humanos foram tão bons para mim quanto ele.

Ernani

Falei em clínica veterinária, está me indicando remédio para cachorro...

Martha

Nada, é para gente mesmo. Eu tomo, de maneira preventiva. Reconstitui a cartilagem, sabia? É como um óleo para as juntas, feito para lubrificar carro velho. Mas tem que ser importado. Nada no Brasil presta, remédio então...

Ernani

Aqui está o seu chá. Açúcar?

Martha

Nem pensar! Estou com tendência à diabetes. Tomo até um remedinho para controlar o açúcar no sangue. Importado.

Ernani

Adoçante?

Martha

Só uma gotinha, para cortar a acidez. Bom mesmo é adoçante...

Ernani

Importado!

Martha

Não vai pegar o seu café?

Ernani

Estava só oferecendo. Para mim é um veneno. De uns anos para cá, passei a ter refluxo. Às vezes, acordo à noite achando que meu estômago virou um tsunami. Para quem já convive com gastrite ulcerativa, é uma lástima. O Alter tem muito o que fazer comigo. Vou pegar uma água mesmo. Qual a torneira sem ser gelada?

Martha

Não gosta de água gelada? Adoro. De preferência, com gelo.

Ernani

Era como eu tomava, até uns dois anos atrás. Gelada de trincar os dentes. Até que, depois de um gole num restaurante, minha garganta fechou, fui ficando sem ar, um pimentão. O garçom teve que me dar um tranco por trás. Tipo "vem cá, meu louro". Vexame. Edema de glote. Sabe como é? Um garrote vil: dá um inchaço na laringe e bloqueia o ar para os pulmões. Desesperador. Fizeram tudo que é exame para ver se era alergia a alguma comida. Concluíram que era o gelado mesmo. Agora, uísque só cowboy. Tudo bem, adoro. Socialmente.

Martha

Sei como é, passei a ter alergia a frutos do mar. Não posso comer nada que venha do mar. Como adverte uma amiga minha, nem um surfistazinho. Uma lástima. Menos pelos surfistas. Lagosta era o meu feijão com arroz.

Ernani

Essa é a sua grande queixa?

Martha

Como assim?

Ernani

Já passamos pelo "como assim, 'como assim'?", Martha... Quem vem ao médico é porque tem queixa. A não ser que você venha jogar baralho com o Aslan.

Martha

Aslan?

Ernani

Aslan Alter, já não se lembra do nome dele? É grave mesmo.

Martha

Eu me recordo muito bem do nome do meu médico. De novo, sua ironia é desagradável e perversa, porque a queixa que o senhor... Você tanto queria é essa mesmo. Estou me esquecendo das coisas. Pode me chamar de velha caduca, satisfeito?

Ernani

Mil desculpas...

Martha

Já passamos por mil desculpas...

Ernani

Então um milhão de desculpas. Eu não poderia imaginar...

Martha

Calma, Ernani! Também não é um drama. Ele acha que é perda de memória natural, posso melhorar com exercícios de raciocínio. Tenho uma professora particular; não posso me expor indo num desses cursinhos de memória que tem por aí. Sem contar que é lamentável o clima entre velhotas, ou senhorinhas, como passaram a falar eufemisticamente por aí. É um festival de mazelas. Eu, que já tenho tendência à melancolia, não resistiria.

Ernani

Melancolia não é um eufemismo charmoso para não falar em depressão?

Martha

E daí? É muito comum entre grandes artistas. Nosso ego não aguenta o tranco. O Alter também me dá um medicamentozinho. Importado. O que será que o Brasil fabrica que preste? Acho que só corrupto. Os nossos são da melhor qualidade.

Ernani

Taí: aí a idade ajuda: cheio de velho ladrão e nada. A Justiça deve ser cega porque tem vista cansada.

Martha

Aí estou com você: uma dinastia de gatunos. Vovô de cabelos brancos larápio!

Ernani

Pintado acaju!

Martha

É o que mais tem! Se o assunto é roubo de dinheiro público, a cota para idoso é grandona!

Ernani

É bom nem brincar, que a coisa é séria.

Martha

Hmmm. Aqueles meninos do Ministério Público são um charme. Adoraria ser interrogada num desses escândalos terminados em "ão". Sou louca para fazer uma delação premiada. História de gente rica para contar não me falta. Primeira página, na certa. Se bobear, a *Playboy* me convida de novo.

Ernani

Segura as pontas, poderosa. Sou um pobre mortal, vou acabar como testemunha numa dessas CPIs.

Martha

O pior é que conheço meia dúzia desses indiciados. Por exemplo, o...

Ernani

Shhhh! Cuidado, deve ter muito cliente do Alter! Hoje gravam tudo. Então, Martha, pelo visto os exercícios estão melhorando mesmo a memória?

Martha

Ele disse que leva tempo. Acho graça. Se leva tempo e estou envelhecendo, só vai é piorar. Como tenho um histórico de Alzheimer na família — minha mãe e uma tia —, nosso doutor também me passa uma fórmula imunológica feita com ginkgo biloba. Essa tem que ser *made in* Brasil mesmo.

Ernani

Cruzes! Aquele capim da época dos dinossauros? Plantinha da era jurássica para rejuvenescer, não sei, não. *Data venia*, deve ser o maior placebo.

Martha

Nosso querido Alter diz que adianta, e muito.

Ernani

Caramba! Alzheimer na família!

Martha

Vira essa boca para lá! Eu não tenho a doença, homem de Deus, só estou me cuidando para não chegar lá.

Ernani

Meu medo é outro. Você preocupada com o alemão e eu com o inglês... Olha as minhas mãos.

Martha

Piada velha de velho, a dupla Alzheimer & Parkinson. Mãos pequenas, e daí?

Ernani

Pequenas? Nada disso. Não viu como estavam tremendo quando passei o chá?

Martha

Imperceptível.

Ernani

Mas tremem. Às vezes mais, às vezes menos.

Martha

Nossa, não era gracejo, você tem mesmo Parkinson. Tadinho!

Ernani

Menos! Menos! Ainda não se sabe. Estou fazendo uns exames, mandaram amostras para os EUA — como você diria, melhor diagnóstico importado. Ainda leva um mês. O Alter acha que tem mais a ver com a bebida.

Martha

Você já falou em cachaça...

Ernani

Uísque!

Martha

É alcóolatra? Estava apostando...

Ernani

É claro que não! Mas eu admito: bebi demais na juventude. Tipo mamar uma garrafa de vodca numa noitada. E dirigir inteiro para casa. Hoje, a barreira da Lei Seca me prendia a um quilômetro de distância, só com o cheiro. Meu fígado está meio baleado. Isso pode estar influenciando o meu metabolismo. Daí as mãos...

Martha

Você ainda bebe muito?

Ernani

Já disse, só socialmente.

Martha

E antes?

Ernani

Industrialmente... Você bebe, bebeu?

Martha

Sempre com muita moderação. De preferência champanhe. Meu problema é o cigarro. Parei, mas fumei a vida toda. Dei minha última tragada há exatos cinco anos. Logo depois que descobriram uma mancha no meu pulmão. Não há dúvida, é benigna, mas não quero arriscar. Me custou uma leve insuficiência respiratória. Tenho no quarto uma máscara de oxigênio. Quase não uso. Só mesmo nesses dias de calor. E poluição. A cidade anda inviável. Às vezes, penso em me mudar para a Europa, mas não conseguiria viver longe do meu público. É essa troca que nos faz viver.

Ernani

Por falar em troca, a gente podia trocar: prefiro pegar o alemão do que o inglês. É preferível esquecer de pagar a cerveja do que...

Martha

...derramar o copo. Nossa, Ernani, outra piada velha. E sem graça. Meu repertório é melhor. Minha piada favorita sobre velhice é das duas dondocas no ateliê do Marc Jacobs. Conhece?

Ernani

Não.

Martha

A piada?

Ernani

A piada, como posso saber se conheço? Nem começou. Não conheço é esse Marcos Jacó. Pintor judeu? Jacó...

Martha

Céus! Um dos melhores estilistas da atualidade! Já fui modelo de um catálogo dele. E a piada, conhece? Detesto contar para quem já sabe.

Ernani

O pessoal faz variação sobre o mesmo tema, só ouvindo.

Martha

Vamos lá! Uma senhora chique, da minha idade, um pouco mais velha, está no provador. Reclama com a costureira que a bainha da saia — um espetáculo, para ser usada num casamento — está muito baixa e pede para deixar mais à mostra as suas coxas. Nesse momento, uma mocreia conhecida, tipo assim, amigas que se detestam...

Ernani

Não conheço essa categoria, "amigas que se detestam". Genial.

Martha

Não atrapalha... A costureira vai enfiando o alfinete, é hilário, quando a amiga diz: "Nossa, minha querida, desse jeito você vai ficar parecendo uma..." Não! Ela mesma comenta com a amiga: "Ainda bem que você chegou, querida, estou achando que estou parecendo uma..." Espera, confundi! É a costureira que fala: "Ainda bem que as duas estão juntas, não quero ser responsabilizada por ela ficar parecendo uma..." Nada disso! É o próprio Marc Jacobs que entra esbravejando e grita: "Madame, jamais vou permitir que use uma criação minha para ficar parecendo uma...". Sabe que não sei mais como termina? Mas é engraçadíssimo, tem um lance das estrias. Sempre morro de rir quando contam. A Carminha sempre repete. Como é mesmo? É impagável!

Ernani

E você ainda não guardou o desfecho! Nem de quem é a fala. Maravilha. Uma das coisas que adoro é ser alugado para uma piada longa sem fim. Ha-ha-ha, estou rindo por conta.

Martha

Depois dizem que eu é que sou ranzinza...

Ernani

Que nada! É para rir mesmo. A saída, na velhice ou na juventude mesmo, é encarar tudo com humor. Ou a gente pira de vez.

Martha

A propósito, estou me segurando desde que entrei aqui: você pulou uma alça desse cinto preto.

Ernani

(Começa a arrumar o cinto) — Mas aí não é falta de memória. É distração mesmo.

Martha

Ei! Ei! Não vai arriar a calça na minha frente. Um atentado ao pudor, que intimidade!

Ernani

Fica fria, Martha, eu dou um jeito sem você precisar ficar nervosa. Nem a cor da cueca vai ver.

Martha

Samba-canção, certamente com uma estampa, certamente em contraste lisérgico com o cinto negro. Coisa brega.

Ernani

Pretinho básico não é *fashion*? Olha que eu mostro! *(Simula um striptease, cantarolando a canção d'A Pantera Cor-de-rosa.)*

Martha

Que circo! Deve estar alcoolizado. É, você consegue encarar tudo com alegria.

Ernani

Até nas piores situações. Ok, vou te contar. Há mais ou menos um ano, tive uma infecção nos rins, juntou com uma cistite.

Martha

Cistite? Mas isso não é doença...

Ernani

...de mulher, eu sei. É mais raro no homem, mas acontece. Tanto que eu tive.

Martha

Estranho, nunca ouvi falar que dá em homem.

Ernani

Saiba que minhas taxas de testosterona estão absolutamente compatíveis com a minha idade...

Martha

Isso significa claramente que o nível está lá embaixo, em franco declínio. Minha solidariedade. Por que não faz uma reposiçãozinha hormonal? Dizem que dá para ganhar tempo.

Ernani

Não tenho do que reclamar, nem tenho recebido reclamação. Nesse caso, tudo começou, olha que bobagem, porque tive que fazer um implante de dente, este aqui, olha!

Martha

Me poupe.

Ernani

Levei um tombo.

Martha

Bebida...

Ernani

Bati com ele na porta e a raiz morreu. Azar. Depois da cirurgia no dentista, veio uma baita infecção. O Alter acha que foram os antibióticos que afetaram o rim, daí veio o problema urinário. Viu, nada a ver com velhice.

Martha

Nadinha. Muito divertido, mesmo.

Ernani

Achei mesmo engraçado voltar a usar fralda por uns tempos.

Martha

Fralda? Isso está ficando bom...

Ernani

Pois é, eu passei alguns meses com incontinência urinária...

Martha

Um senhor fazendo xixi nas calças, que romântico...

Ernani

Viu como é engraçado? Encarei o fraldão numa boa. Cheguei a fazer uma *selfie* para botar no Instagram — *selfie* fraldão —, mas eu mesmo achei que era um pouco demais.

Martha

Ainda bem, seria deprimente. Aliás, mídia social, em si, já é deprimente. Um monte de complexados e invejosos querendo seu minuto de fama ou tendo prazer em desmerecer os outros. Acho um horror.

Ernani

Quanto ódio!

Martha

Veja se não é doentio. No início do ano, saí de barco com uns amigos. Coisa mais natural, usei biquíni. Não sei se usaria numa praia porque nem de praia eu gosto. Não gosto de muita gente em volta, nunca me deixam em paz. E não gosto de areia.

Ernani

Fez *topless* e fotografaram!

Martha

Pois saiba que se tivesse feito, causaria a maior inveja em muita menininha por aí. O volume aumentou, mas está tudo no lugar. Tudo meu, sem retoque, original de fábrica.

Ernani

Imagino...

Martha

Não tem nada que imaginar! Pois muito bem: um desgraçado passou numa lancha, fotografou, postou, a imprensa pegou e abriu a maior discussão sobre se mulher na minha idade pode usar biquíni. Que sociedade é esta?

Ernani

Realmente lamentável. Fazem um discurso sobre respeito aos mais velhos e uma patrulha dessas. Qual foi a sua reação?

Martha

Pelo meu porta-voz, porque cansei de lidar com essa gentalha, disse que sempre fui muito dona do meu próprio nariz e que não seria agora que daria satisfação a ninguém.

Ernani

Boa! Mas nesse caso, dona dos próprios peitos, com todo respeito.

Martha

Engraçadinho. Deixa que eu pego seu copo. *(Levanta-se rápido, fica tonta, cambaleante.)* Ajuda!

(Ernani a segura e a faz sentar de novo.)

Ernani

Tudo bem? Quer que chame o Alter?

Martha

Nada demais. Tenho crises de labirintite, me levantei muito rápido. Nossa, está tudo rodando...

Ernani

Vou chamar o doutor.

Martha

Não faça isso. Nada disso. Sabe fazer a manobra de Epley? Estabiliza na hora. Eu ensino. *(Deita no sofá.)* Assim: segure a minha cabeça deste lado por trinta segundos. Poderia ser sem esse tremelico? Assim piora.

Ernani

Um, dois, três... Trinta, foi.

Martha

Outro lado. Firme, outros trinta.

Ernani

Isso parece macumba. Um, dois, três... Trinta, feito!

Martha

Pode ser sem comentários, por gentileza? Se não for pedir muito, para concluir, mais meio minuto no centro. Vamos, Ernani, o terrível, segure firme; não é para ficar balançando.

Ernani

Tinta, 29, 28... Um! Saravá, mizinfim, êparrei! Acabou!

Martha

Pronto, agora me ajude a levantar. Ufa, obrigada.

Ernani

Vai me dizer que passou? É vodu mesmo? Descarrego? Sai desse corpo que não te pertence!

Martha

Taí: acho que esse corpo não me pertence mesmo. Preferia o anterior. Como arquiteto, você entende pouco de equilíbrio. Dentro do labirinto circula um líquido que carrega uns cristais.

Ernani

No seu caso, devem ser cristais Swarovski...

Martha

Chato! É isso que regula a estabilidade do corpo. Com esse movimento, volta tudo para o prumo. Eu também tomo remédio — importado —, mas faz mal para a memória. Procuro evitar. Na nossa idade é fogo, tudo que a gente toma para melhorar um troço, estraga outro.

Ernani

Eu também evito remédio ao máximo. Só não facilito com o da pressão.

Martha

Cardíaco?

Ernani

Minhas artérias são meio entupidas. O ideal seria caprichar nos exercícios físicos, mas, como já disse, ando enferrujado. A saída é o remédio para controlar a pressão. E o colesterol. E, Martha, já que me provocou com o lance da andropausa, você tem razão: a gente cuida de um lado, entorta o outro. Remédio para o coração é um veneno para a vida sexual. O que os olhos veem, com remédio, o coração pode até sentir. Mas não bomba o sangue direito para onde deveria. Se é que me entende.

Martha

Estamos penetrando, ops, uma seara muito íntima, acho melhor cortar, ops, por aqui. Que demora! Vamos ver na agenda da Neide quem está sendo atendida?

Ernani

Como disse, acho que disse, não sou bom de rosto, mas essa madame não dá para esquecer: tinha uma tatuagem de um Buda, tipo obesidade mórbida, no ombrão. Cabia com sobra, ainda dava para emplacar um Ganesha, aquele deus indiano com cara de elefante montado num rato.

Martha

Hmmm. Nesse caso, uma autêntica ratazana!

Ernani

Bem gordota, e de cabelos azuis!

Martha

Está na cara. E nas banhas. Colunista social que assina como Fran de Carvalho. Mas sei bem como se chama de verdade: Francineide. Isso, sim, Francineide, uma desclassificada. Não sei como o dr. Alter a mantém na clientela. Deve ser por medo de jornalista. Ela é um dos motivos para eu pedir para só entrar quando não tiver ninguém no consultório.

Ernani

Inimigas?

Martha

Meu caro, eu cheguei ao ponto em que eu escolho quem pode ser minha inimiga. É só uma fofoqueira de marca maior. E pior: que publica qualquer mentira para vender jornal. Aliás, os jornais brasileiros...

Ernani

Já sei, melhor importados. Nisso concordamos. Rolou fuzuê entre vocês duas?

Martha

Nem é pelas baixarias que ela escreve, o que vem de baixo não me atinge. Mas, quando a gente se encontrava por aqui, ela tinha a cara de pau de ficar me enchendo a paciência com perguntinhas maliciosas. Isto aqui lá é sala de imprensa? E eu lá preciso de garoto de programa? Michê quem deve contratar é o marido dela, toda a pinta de ser uma bicha velha enrustida.

Ernani

Explica aí, ô, Martha, que história de garoto de programa é essa?

Martha

E eu tenho culpa se homens mais jovens sentem atração por mim? As pessoas não acreditam em sinceridade nos sentimentos? Insinuar que preciso pagar para ter amantes é injusto e preconceituoso. Ainda mais vindo de uma caquética como ela. E nos preparemos, porque vai demorar. Pelo que sei, a saúde de Francineide, Fran para as negas dela, está um caco. O Alter vai levar horas na revisão dos 65 mil quilômetros. Se não for mais.
(Pega um lenço e chora.)

Ernani

Calma, Martha, sei que há esse preconceito. Nós, homens, podemos ser papa-anjo e tudo bem. Eu acredito que você desperta desejo em homens de tudo quanto é idade.

(Abraça Martha, rola um clima, se afastam rapidamente.)

Martha

A realidade, que é dura, é que estou sozinha há quase um ano. O último era mesmo um aproveitador. Lutador de jiu jitsu idiota.

Ernani

É chegada num mata-leão, emoções violentas...

Martha

O menino era promissor. Foi campeão de uma liga da USB.

Ernani

É UFC. USB é para ligar fio de energia elétrica. Nocaute só por choque.

Martha

Whatever. Foi desclassificado por doping.

Ernani

Xiii, deve ter sido esteroide anabolizante nacional. Se fosse importado, não pegavam. Estou pegando a sua mania. Sabe, acho muito esquisito esses marmanjos de sunguinha, suados, atracados no meio do ringue.

Martha

É uma visão pequena vincular a profissão à masculinidade. Reconheço que, entre meus colegas artistas, anda mesmo meio difícil achar héteros. É cada galã jogando água para fora da bacia... Mas não tem nada a ver. O *affair* mais *caliente* da minha vida foi com um bailarino clássico. E russo! Do Bolshoi!

Ernani

Imagino o *pas de deux* de vocês. Um *Lago dos Cisnes* erótico! Pliê... Elevê... Jetê...

Martha

Lindo! Uma pluma! Vai partir de vez as vértebras.

Ernani

Precisa me ver sapateando! "*Heaven, I'm in heaven...*"

Martha

Tonto! Vai se quebrar todo. Voltemos à luta livre. Não me deixo enganar e não preciso ser explorada para ter amor. Tenho compostura: dei um pé na bunda do moleque sarado, bem dado. Fora do meu tatame! Rapidamente apareceram muitos pretendentes, mas resolvi dar um tempo para mim; prazer interior. Estou fazendo meditação.

Ernani

OMMMMMMMMM...

Martha

É mesmo um debochado, seu Ernani. Sabe que essa experiência transcendental funciona? Superei os desejos da carne, sublimei sexo. O problema é quando um aluno, jogador de futebol negro, um príncipe de ébano, parece que é famoso, senta do meu lado na hora do pranayama. Não adianta respirar fundo; fico elétrica.

Ernani

Vai trocar o guru por um centroavante rompedor. Vai que é tua, Martha...

Martha

Está no campo do espiritual. Vou controlar. Tenho pensado muito. Eu construí a minha solidão, posso viver bem com ela.

Ernani

E família? Pelo que entendi, foi um neto que te deu o carregador que você não sabe usar.

Martha

Pedrinho, um amor de rapaz. Pena, quer fazer teatro. Hoje basta um corpo bonito. Mas, mesmo com talento, sem futuro. O teatro acabou. Vivemos o paraíso da comédia romântica, uma dupla de pseudoatores dizendo bobagens. Ou, pior, esses *stand-ups* caça-níqueis. Não falo em público, seria apedrejada, mas dessa gente só escapa aquele menino irrequieto, filho do Chico Anysio. Ah! Chico...

Ernani

Hmmm, por esse suspiro, aposto que foi aluna da Escolinha do Professor Raimundo...

Martha

Está vendo? Você, o grande público, só pensam naquilo! Onde estão Brecht, Dostoiévski, Gogol?

Ernani

Google?

Martha

Santa ignorância! Nikolai Gogol!

Ernani

Obviamente conheço *O Inspetor Geral*, adoro. É que estou com uma pequena perda auditiva neste ouvido aqui. É como o Alter disfarça que estou ficando surdo. Não vou usar aquela meleca de aparelho auditivo nem por um decreto. Hoje em dia, pode ser vantagem não escutar o que se fala.

Martha

Muito obrigada!

Ernani

Poxa, Martha, claro que não era contigo. Vamos lá! *(Pigarreia.)* "Ah! Não zombeis de mim, é o que vos peço. Sou um velho imprestável e caduco, para cima de oitenta, nem uma hora mais nem menos. E, para ser sincero, receio ter o espírito avariado. Creio vos conhecer e, assim, a este homem; mas em dúvida me acho, pois ignoro de todo onde me encontro, sem que possa lembrar-me destas vestes. De igual modo não sei onde passei a última noite. Oh! Não riais de mim! Porque tão certo como eu ser homem, quer afigurar-me que esta dama é Cordélia, minha filha."

Martha

Nossa, Ernani! Arrepiei! *Rei Lear*, do bardo.

Ernani

Mais para acaBARDO. Como todo rapaz zona sul da minha geração, fiz Tablado. Um ano. É o único texto do Shakespeare que sei. Fui contrarregra na montagem de fim de ano.

Martha

Nossa! Podia ter seguido carreira, não sou de agradar. Talvez com os cuidados de uma boa fono, essa impostação medieval...

Ernani

Deixa disso, não vou nem levar a sério. Não nasci para o palco.

Martha

Sinceramente, disso eu entendo. Poderia ter virado ator. Ainda mais pelo que se vê por aí.

Ernani

A profissão muda, mas somos todos atores. Vamos ao que interessa: você falava do seu neto, Pedrinho, não?

Martha

Não nasci para ser avó. Não nasci para ser mãe. Minha vida foi para minha carreira. Minha única filha, Isadora — em homenagem à grande Isadora Duncan —, é um poço de ressentimento. Até com o nome dela implica. Diz que até nisso pensei em mim e não nela. Somos distantes. E, pior, sabe que não me incomoda? Sou uma egoísta bem resolvida.

Ernani

Ué, só é bem resolvido quem consegue ser egoísta! Mas sabe que eu te entendo? Também não fui um bom chefe de família. Negligenciei o casamento, fiz tanta babaquice que, um dia, quando cheguei em casa, à noite, minha mulher estava de malas prontas. Sem briga. Meus filhos pequenos, Aroldo, com oito, e Marcelo, com seis, atônitos, chorando. A pior cena da minha vida. Esse filme passa toda hora na minha cabeça. Não vai ter meditação que apague.

Martha

Não tem contato?

Ernani

Embarcaram para Portugal na mesma noite. Tereza arrumou um dentista por lá. Já se vão quase três décadas. Nem troca de e-mail. Fiz uma viagem a Portugal há alguns anos, consegui informar da ida. Simplesmente não quiseram me ver. Acho desproporcional, mas não depende de mim. Isso me seca por dentro. Não sei o que estudaram, se são formados, se casaram, se sou avô. Olha que tragédia. Vacilei muito e pago por isso. Uma das coisas que me mantém vivo é a esperança de um reencontro.

Martha

Parece que no capítulo "família" somos um desastre. Mas ainda não contei o pior...

Ernani

O que pode ser pior?

Martha

Não nasci para ser mãe, não nasci para ser avó e não nasci para ser filha. Tive uma atitude terrível com a minha mãe. Sou filha única. Mamãe teve um AVC um mês depois da morte do meu pai. Ficou totalmente incapacitada. Impossível conciliar minha carreira com uma mãe inválida.

Ernani

Imagino; não vou julgar.

Martha

Isto mesmo: asilo. O melhor do Brasil, no interior de São Paulo. Longe, admito, mas o melhor disponível, uma fortuna. O que mais mexe comigo é que ela foi para lá com a mesma idade que tenho hoje. A imagem que guardo é de uma velha, um lixo. Será que me veem assim?

Ernani

Martha, a gente está muito melhor do que a geração dos nossos pais. Ela já deve ter morrido, não?

Martha

Nunca fiz novela com um drama como este. Internei mamãe e parti para uma temporada pelo país, viajando, olha só, com *A falecida*, do Nelson Rodrigues. Acredita? Um sucesso estrondoso. Na volta, botei o pé dentro da cobertura e toca o telefone. Mamãe estava morta. Foi encontrada caída no pátio. Queda do quarto andar. A polícia concluiu que foi um acidente. Eu tenho para mim que foi suicídio. Bem rodriguiano. Esta culpa vou carregar para o túmulo.

Ernani

Uma tragédia grega mesmo. Mas se a polícia disse que foi acidental...

Martha

Não vou ter nem quem me mande para um asilo. Vão achar meu cadáver tombado no chão do quarto, com o Napoleão lambendo o meu rosto. Que seja rápido, senão é capaz dele, coitado, ter que comer o meu corpo. Comida de cachorro, que fim. Diferentemente da peça, o enterro da mamãe foi um luxo. Foi capa de revista.

Ernani

Nossa, Martha, é uma novela daquelas... Vamos pensar no futuro! Força! E o trabalho, o que está fazendo agora? Onde está brilhando?

Martha

É outra novela. Estou meio que fora do ar. Admito que sempre fui, como vocês mesmo disseram, o que chamam de complicada. É assim que rotulam quem vive na defesa do profissionalismo e das boas condições de trabalho.

Ernani

Já vi tudo...

Martha

Se meus colegas se comportassem como eu, a televisão brasileira estaria em outro patamar; não seria esta fábrica de salsichas. Ficam todos com medo de perder a boquinha.

Ernani

Você detonou o salsichão das nove?

Martha

De certa forma, sim. Mas veja que ingratidão: se eu fosse à justiça do trabalho, era tiro e queda. Um mês antes da estreia, gravações avançadas, passei a ter uma dificuldade séria para decorar o texto. Não sei o que houve, mas meu problema com memória complicou feio. Simples: eu disse que só gravaria com ponto no ouvido. Isso é normal em todo mundo, só por aqui obrigam os atores a decorar quilômetros de páginas de um dia para o outro. Mesmo para os mais jovens é um sacrifício. De minha parte, asseguro que seria imperceptível. O público jamais perceberia que tinha alguém me passando os diálogos pelo microfone.

Ernani

Com o seu talento, com certeza, Martha.

Martha

Só que o autor, que é quem manda na televisão, deu um chilique. Foi nojento e vazou para os jornais que eu pedi para sair da novela por discordar dos rumos da personagem. Que canalha! Seria o papel da minha vida. Uma protagonista avassaladora. Entraria na história da televisão brasileira como uma de suas maiores vilãs. Uma mistura de Lady Macbeth, Jocasta, Desdêmona, Malévola e Madonna. A colega que me substituiu, coitada, não segurou o tranco: *(Interpreta exageradamente)* "É contra a natureza dar a morte a alguém por ter amor. Ah! Por que causa mordeis o lábio assim? Toda a postura tendes ora abalada, por alguma sanguinária paixão. E mau agouro; contudo espero que nenhuma punição me atinja." Fracasso de audiência. A crítica acabou com ela. Mas a punição me atingiu: fui para a geladeira.

Ernani

No audiovisual, ando com mais prestígio que você, queira me desculpar.

Martha

Lá vem tolice...

Ernani

Que nada! Colonoscopia anual, por conta de um pólipo no intestino.

Martha

Vade retro!

Ernani

Não, é vai de reto! Metem por ali um tubo que é flexível. Pelo menos.

Martha

Importado?

Ernani

Sei lá, não perguntei, nem anotei a placa. Só sei que é enorme, com uma mini câmera de TV que transmite imagens coloridas. Parece que já tem em 3D e em *som surround*. A trilha sonora deve ficar uma mistura de *Guerra nas Estrelas* com *Psicose*. Mas nada é mais humilhante do que exame de próstata. Por que o médico sempre tem que fazer graça nesse momento solene? "Vou enfiar logo dois dedos, para ter uma segunda opinião." E você não pode mandar tomar no cu, porque seria piada pronta, está me entendendo?

Martha

Que língua!

Ernani

Que língua?!? É dedo mesmo. E por que usar diminutivo numa situação dessas? Em vez de "fica de lado", é sempre "fica de ladinho". De ladinho é a avó dele! Então, Martha, uma vez por ano — por ano, bem entendido —, eu tenho um curta-metragem brilhando no circuito proctológico da cidade. Bonequinho aplaudindo de pé, com um dedo em riste! O *showbiz* não pode ficar sem você. Em breve vão te chamar para um trabalho, para você voltar a arrebentar.

Martha

Eu já me sinto arrebentada... Até já me chamaram para uma participação num seriado, numa série, ainda não entendi a diferença. Uma personagem forte, nome com destaque nos créditos. Só que já fiz esse tipo umas dez vezes. E tive um caso no passado com o ator escalado para o par romântico. Acabamos muito mal. Não tolero traição. Ele, até hoje, jura inocência. Canastrão. Eu acabei com ele. Prefiro nem cruzar com ele em cena. Posso fraquejar. Resultado: mais uma temporada no freezer. Do jeito que vai, só me chamam agora quando aparecer um papel de bisavó da mais nova capa da *Playboy*. Ou da ex-BBB da vez.

Ernani

Eu não sei como funciona o mundo artístico, mas não podem desperdiçar um talento como o seu. A gente vê como Hollywood, principalmente na Europa, valoriza o artista sênior. O mundo todo está ficando mais velho. O público também, ora.

Martha

Mundo artístico? Ou é mundo, ou é artístico. É duro, Ernani. Você pode estar sofrendo, mas não imagina, nem de longe, o que é uma mulher como eu, com a minha história de vida, um dia acordar na velhice. Desculpa, mas é uma bosta; não tem outra palavra. Você acorda, abre o olho, e tudo vem com *delay*, sabe o que é *delay*? Aquela espécie de atraso. O corpo não acompanha o acordar da cabeça. A gente fica lerda, mas a mil, com trinta mil coisas passando pela cabeça. Sem querer nem poder viver o passado e sentindo que o presente começa a não valer a pena. O cabelo perde o brilho, vai ficando fraco e perdendo volume.

Ernani

Desculpe, mas essa é fogo, vou te interromper. Tudo bem perder cabelo e ir ficando branco. Aí me passaram um shampoo para tirar o amarelado e meu cabelo ficou roxo! Mas hoje pela manhã, reparei que estou com um pentelho branco! Unzinho, saco! Digo, droga! Perda da paudurescência vá lá, ou não vai, dá-se um jeito. Mas pentelho branco é batom na cueca: a idade te pegou. Foi um choque. Cheguei a pegar uma pinça, mas já me disseram que, se você arranca um, nascem dez. É verdade?

Martha

E desde quando sou especialista em coloração capilar, ainda mais pubiana? Meus sais, vou fingir que não ouvi. E a pele? Fica ressecada, perde o viço. Olha essa mancha aqui!

Ernani

Eu também estou com umas manchas que surgiram do nada. Mas a dermatologista, nunca pensei que iria numa, garantiu que não é câncer. Receitou um ácido, o vidro quebrou na pia, manchou o mármore. Não há chance de passar essa porra no meu rosto. *(Ele tenta ver as manchas dela.)* Ih, não adianta, acho que deixei os óculos para perto em casa. Nunca sei onde larguei. Não troquei por multifocal porque é caríssimo e devo operar de catarata no próximo semestre.

Martha

Eu que virei uma catarata de cosméticos. Apesar da propaganda, até fiz muitas, não tem creme que dê jeito. Nem importado. Placenta de vaca, ferroada de abelha, nada presta, nem lama do Mar Morto. Morta está é a sua face.

Ernani

Placenta de vaca, blerght!

Martha

E o despertar, que, para mim, era um salto de trampolim? Você começa o ritual de se alongar, ainda deitada, para ver se o corpo se toca que está na hora de sair para vida e ele nada. Fiz balé clássico, na ponta, jazz, rumba, até dança do ventre. Aí você se descobre em aula de Tai Chi Chuan, em pleno Jardim Botânico, cercada de pelanca. Aí cai a ficha de que entrou no time. Por mais que você malhe, esta parte aqui do braço desaba. Uma vez meu netinho, tadinho, na maior inocência, mais ou menos com oito anos — Nossa Senhora, tenho hoje um neto de 16! —, sacudiu, digamos, esta, digamos, sobra e gritou no meio do jantar: "Olhem o purê da vovó!"

Ernani

Essa de purê é muito boa.

Martha

Só se for o com queijo parmesão. Aliás, só ando comendo alimento leve, que facilite a digestão.

Ernani

Para organismos velhos, orgânicos!

Martha

Agora, esse cardápio de braço com purê, ferrou! Que gracinha de neto... Nunca mais usei manga curta. Ali, aqui nem cirurgia plástica. Um marco. A partir dali a minha vida de artista foi passar a dormir no meio do filme. Durante a peça de teatro. Até musical de rock. O meu mercado de trabalho foi parar em espaços que não entendo. Antes, era palco ou tela. Hoje, fazem *download* de mim. Aí vem o Steve Jobs, inventando uma penca de tecnologia que a gente nem sabe para quê serve, quanto mais como usar. Para quem cresceu acostumado com apenas quatro canais de televisão, com aquela anteninha com Bombril na ponta, é impossível conviver com Netflix, Apple TV e Now. *Never*! Não consigo guardar em que capítulo estou de que temporada de que raio de minissérie da conta do Brasil ou dos Estados Unidos. É um baita *Homeland-Scandal-Breaking Bad-The Walking Dead* na *Criminal Minds* do *Dexter*, *24 Horas* em *Donwton Abbey*! Fico *Lost*! Depois de um tempo, já não sei mais de nada, aristocrata, traidor, zumbi, professor-traficante, política americana, esquizofrenia, misericórdia! Chego no cabeleireiro e não me lembro nem do nome de protagonista. Personagem ou ator. À exceção do *House*, aquele médico gato. Não acha que o Alter lembra um pouco o dr. House, a barba? E o nosso médico que não me chama? Socorro!

(Ernani avança, dá um abraço em Martha com vigor, demorado. Rola um clima. Afastam-se.)

Ernani

Martha, preciso te dizer uma coisa...

Martha

(Usa os dedos para tapar os lábios dele) –
"Sou eu, eu mesmo, tal qual resultei de tudo/
Espécie de acessório ou sobressalente próprio/
Arredores irregulares da minha emoção sincera/
Sou eu aqui em mim, sou eu.

Quanto fui, quanto não fui, tudo isso sou.
Quanto quis, quanto não quis, tudo isso me forma.
Quanto amei ou deixei de amar é a mesma saudade em mim.

E, ao mesmo tempo, a impressão, um pouco inconsequente,
Como de um sonho formado sobre realidades mistas,
De me ter deixado, a mim, num banco de carro elétrico,
Para ser encontrado pelo acaso de quem se lhe ir sentar em cima.

(...)

Sou eu mesmo, a charada sincopada
Que ninguém da roda decifra nos serões de província.

Sou eu mesmo, que remédio!"

Ernani

(Emocionado, aplaudindo) — Puta que pariu, que lindo! E você, nossa, arrebatadora! Deusa! Divina! Fiquei arrepiado, um peso no estômago.

Martha

Olha o refluxo!

Ernani

E um texto excelente, de cor, sem ensaio! É Fernando Pessoa, não é?

Martha

Mais ou menos: "Sou Eu" é dele, mas pelo heterônimo Álvaro de Campos, essas frescuras. Artista é tudo doido.

Ernani

(Volta a abraçá-la) — Você é deslumbrante! E bem apropriado ao nosso encontro casual. "Sou eu mesmo, que remédio" ...

Martha

Para isso não há remédio. Nem importado.

Ernani

O que não tem remédio, remediado está. Millôr dizia: "Você está começando a ficar velho quando, depois de passar uma noite fora, tem que passar dois dias dentro. Então é fazer a noite valer a pena."

Martha

"A tragédia da velhice consiste não no fato de sermos velhos, mas sim no fato de ainda nos sentirmos jovens." Esta é do Oscar Wilde. Nunca me senti tão jovem e não vejo tragédia alguma pela frente.

Ernani

Martha, não sei como ficou o seu cérebro, mas aquela manobra de *replay*...

Martha

Epley, seu tolinho.

Ernani

Pode ser Epley, mas me bateu um *replay*. Te pegar pela cabeça, tocar seus cabelos, sentir seu perfume de perto, tudo bem, olhar o seu decote. Mulher, você ainda deixa um homem em ponto de bala. Uma coroa enxuta, como se diz, e estou aqui, na maior cara de pau, velho lobo da estepe, uivando para você. Com os quatro pneus arriados.

Martha

Vai precisar de ajuda para levantar o carro. Vou relevar o coroa, sou mesmo uma, e não vou negar que também fiquei mexida. Sua pegada não é leve como a desses jovens. Você pega no tranco, tem virilidade.

Ernani

Você viu que tem um motel bacaninha colado aqui ao shopping?

Martha

Não acredito! Uma cantada assim, sem rodeios. Está achando que, só porque fiquei mais velha, virei uma mulher fácil?

Ernani

Estou achando que você é uma tesuda e que a gente vai se acabar numa cama redonda.

Martha

Sem olhar para os espelhos...

Ernani

Que tal, vamos? Eu me garanto, numa boa. Mas, por segurança, olha o que eu guardo junto com o isordil. *(Mostra um comprimido azul.)* Para uma emergência como esta... Só não posso confundir, tomar o Viagra quando meu coração começar a falhar.

Martha

Cafajeste, como eu gosto. Dane-se a consulta, vamos lá, meu gatão.

Ernani

Posso pedir um favor?

Martha

Alguma tara?!?

Ernani

Quase isso. Vamos passar na farmácia aqui embaixo, para você comprar aquela tintura ruiva para cabelo? Vou deixar o Vulcão do Deserto derretido!

Martha

Vi de saída, é um tarado mesmo. Tudo bem, só vamos ver se vai dar no couro. Não seria melhor comprar mais um remedinho azul? De preferência, importado...

Ernani

A senhora por acaso acha que eu vou brochar? Estou limpo e *(Mostra as mãos trêmulas)* o meu sangue já borbulha para tornar o flácido rígido. O tremor do meu corpo é por você.

Martha

Não tem problema se falhar; eu não vou me lembrar, mesmo.

Ernani

Não estou te escutando bem...

(Martha, com volúpia, puxa Ernani para fora do consultório.)

FIM

tempo perdido

"(...) Então me abraça forte
E diz mais uma vez
Que já estamos
Distantes de tudo
Temos nosso próprio tempo
Temos nosso próprio tempo
Temos nosso próprio tempo

Não tenho medo do escuro
Mas deixe as luzes
Acesas agora
O que foi escondido
É o que se escondeu
E o que foi prometido
Ninguém prometeu
Nem foi tempo perdido
Somos tão jovens
Tão jovens! Tão jovens!"

(Legião Urbana)